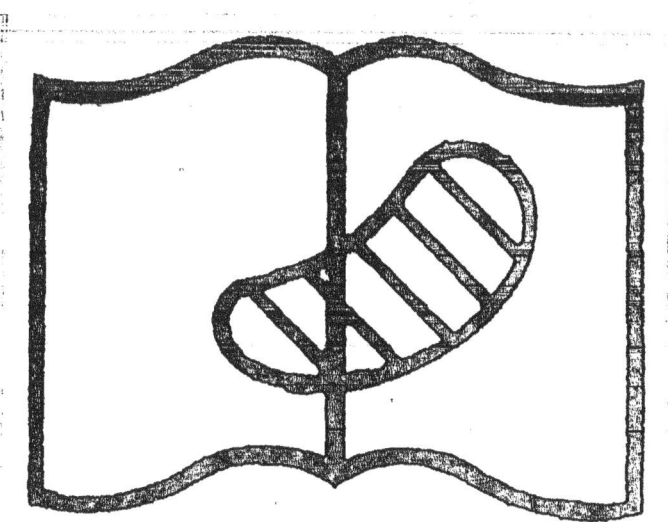

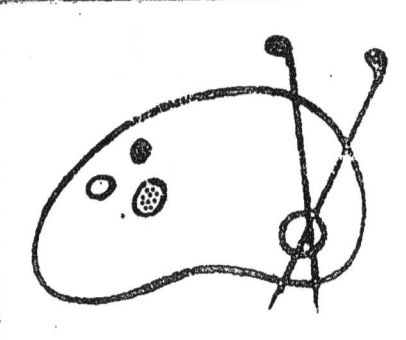

Début d'une série de documents
en couleur

COUVERTURES SUPERIEURE ET INFERIEURE D'IMPRIMEUR.

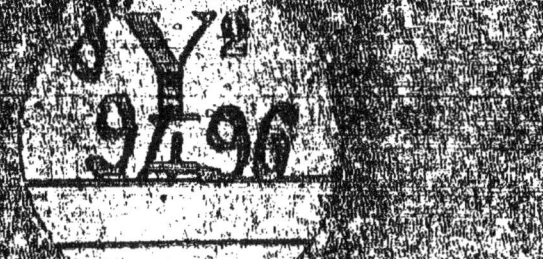

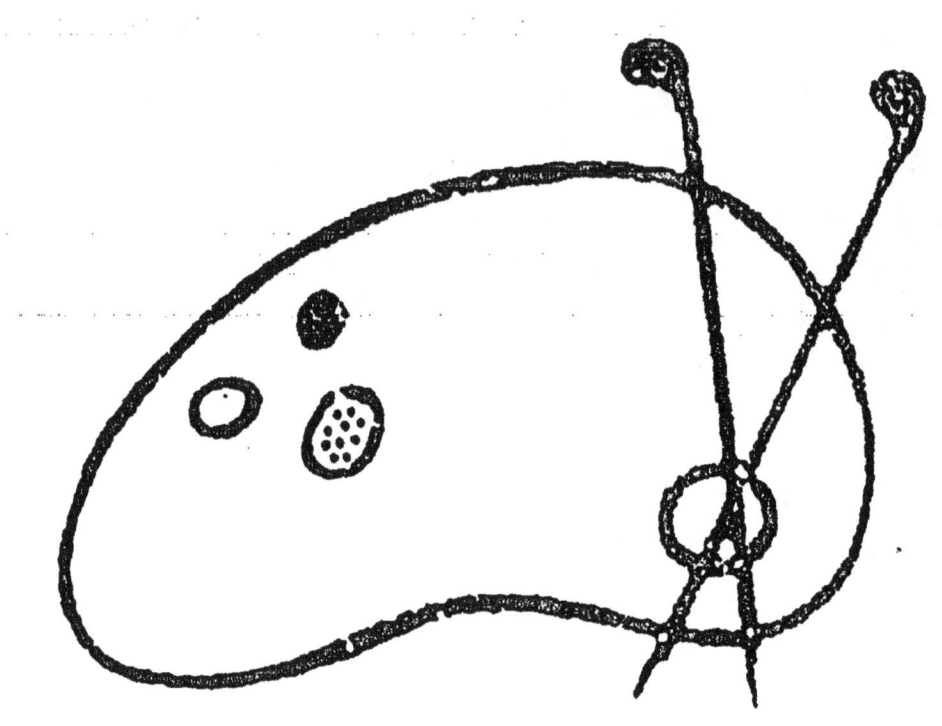

Fin d'une série de documents
en couleur

$8\Upsilon^2$

9496

UNE.

FÊTE CHEZ UN RAJAH

SÉRIE 'N 32.

UNE

FÊTE CHEZ UN RAJAH

PAR

BÉNÉDICT-HENRY RÉVOIL

LIMOGES

EUGÈNE ARDANT ET Cie, ÉDITEURS

UNE

FÊTE CHEZ UN RAJAH

Ce qui suit est le récit d'un voyageur français de nos amis, qui nous a décrit la façon dont il fut reçu par un riche nabab à Tanjore, récit qui nous offre quelques curieux détails de mœurs et de coutumes.

« Le rajah de Tanjore nous traita avec toute sorte d'attentions et nous donna une hospitalité de nabab. Nous étions arrivés l'après-midi, à l'heure où il venait d'achever sa sieste, et nous le trouvâmes debout à l'entrée de son palais, avec son frère aîné et son interprète, accompagné du plus jeune de ses enfants et de sa favorite.

« Le gracieux rajah nous introduisit dans sa splendide habitation, où une fête somptueuse fut organisée pour le soir même en notre honneur.

« Notre hôte avait environ trente-cinq ans, une taille imposante, des manières remarquablement polies, une grande aisance, et ne montrait nul embarras dans sa personne. Comme beaucoup d'individus de sa nation, il s'était passionné pour le luxe et avait un train de prince. Lorsque nous arrivâmes à sa soirée, on nous introduisit dans un salon orné, sur presque tous les panneaux, de belles glaces de fabrique anglaise, richement encadrées d'or. Ces glaces tenaient toute la hauteur de l'appartement, dont elles répétaient les proportions à l'infini.

« C'est assez l'usage des riches princes de l'Inde de faire parade de leur opulence et de dépenser des sommes énormes pour l'ameublement et la décoration de leurs maisons. Et cependant on y trouve plus de luxe que de commodité.

« Le salon ne tarda pas à se remplir d'une foule de personnes invitées. Après qu'on eut fini la série des embrassades et des aspersions d'eau de rose; après qu'on eut bu, à petites gorgées, un breuvage agréablement acidulé, — que l'on peut comparer à notre limonade, — toute la

compagnie s'étendit sur de p...
tapis de Perse parsemés des pl...
jolis dessins, placés par ...
des nattes de jonc d'une éclat...
blancheur et du plus fin tissu. ...
musiciens ouvrirent la fête ...
pendant une demi-heure, ...
autres Anglais, nous trouv...
que nous étions conda...
subir une vraie musique d'...

« Quand cet échantillon ...
musique orientale eut cessé ...
tourdir nos oreilles, nous vîn...

entrer par une porte un Indien portant un grand tapis de coton blanc qui fut déroulé par lui à la hauteur de son front. Il s'avança ainsi jusqu'à la moitié du salon, et nous aperçûmes alors un second Indien qui tenait l'autre extrémité. Derrière ce rideau primitif s'étaient glissées les bayadères — *nautch girls* — et les autres danseurs qui se cachaient tandis que le *guru* — lisez le comique de la troupe — récitait,

en chantant et en dansant, le
prologue de la représentation qui
allait être offerte au rajah et à ses
invités.

A la fin le rideau tomba et
forma une sorte de tapis sous les
pieds de deux bayadères, offrant
à nos yeux étonnés une physiono-
mie très régulière, des traits gracieux, des yeux étincelants et des
costumes couverts de clinquant
et de pierreries. Elles portaient
des pantalons de soie écarlate, un

peu claire. Ces pantalons, froncés
autour de la cheville, laissaient
voir deux cercles d'or et de perles
enchâssées, auxquels étaient ap-
pendus de petits grelots d'argent
qui rendaient, à chaque mouvement des danseuses, un son doux
et assez agréable. Leur taille était
bien prise et serrée dans une sorte
de jaquette de soie or et noir qui
descendait jusqu'au dessous de la
poitrine. Là commençait une jupe
d'étoffe légère retombant au des-

sous des genoux ; un voile de gaze
était jeté sur leurs épaules et venait se croiser sur le sein. Les
bayadères tirent, en dansant, un
parti fort habile de ce voile. Les
bijoux que portaient ces femmes
étaient, nous dit-on, d'une valeur
considérable ; leur cou était orné
de plaques d'or et d'un collier de
perles et or curieusement ciselé.
D'énormes boucles d'oreilles en-
cadraient leurs joues, et sur leur
front nous remarquâmes des sor-

tes de cloches d'or fin, ornées de chaque côté d'oiseaux de même métal.

« Bien que ces *nautch girls* soient fort méprisées, le rajah et les Européens des Grandes-Indes ne donnent jamais une grande fête sans en engager quelques-unes pour l'amusement de leur société. J'ajouterai, dit le voyageur auquel nous empruntons ce récit, que ces danseuses, appelées devant une compagnie choisie, se gardent avec soin de blesser les convenances. Leurs danses, quoi qu'on en ait dit, sont bien plus décentes que celles que l'on applaudit sur les théâtres de l'Europe.

« Du reste, les fêtes de ce genre ne se distinguent pas par leur variété. L'assemblée, étendue sur des tapis, s'était formée par groupes qui jasaient avec une incroyable énergie de gestes, regardaient les danseuses et les encourageaient par des applaudissements si frénétiques qu'ils couvraient le bruit des flûtes, des cithares et des tambourins à l'aide desquels le rajah avait voulu compléter les plaisirs de la soirée.

« Ce qui nous a paru très extraordinaire dans la danse trémoussée des *nautch girls*, c'étaient les remuements serpentins de l'énorme tresse qui ornait leur tête. Nous voulûmes savoir si tous ces cheveux appartenaient à ces baya-

dères et l'une d'elles, sur la de-
mande du rajah, enleva tous les
ornements qui les retenaient liés
ensemble; d'un mouvement rapide, elle secoua la tête et se
trouva cachée par un voile épais,
brillant comme du jais.

« Et la danse recommença de
plus belle. Les deux *nautch girls*,
excitées par deux danseurs, l'un
orné d'une tiare élevée, l'autre le
front ceint d'un turban de gaze,
sautaient, s'accroupissaient, se

relevaient; on eût dit des fous échappés des Petites-Maisons. Et la musique continuait toujours: la scène était éclairée par une douzaine de torches tenues par des serviteurs qui mêlaient leurs voix discordantes aux « mélodies » des musiciens indous.

« Un des intermèdes de ces danses fut tenu par trois personnages soi-disant comiques — et qui devaient l'être en effet, car leurs lazzis faisaient pouffer de rire leurs auditeurs qui comprenaient la langue dans laquelle ils s'exprimaient. — L'un était un vieillard qui représentait un « mendiant ». Il portait une longue barbe et un chapeau pointu dont l'extrémité retombait en dedans. Qu'on se figure un bonnet de coton raide comme s'il était empesé, un court bâton arrondi d'une main, un rouleau de l'autre. — Vint ensuite une femme tenant dans ses bras un bébé en bois et une bouteille en guise de biberon, une écharpe passée en sautoir et un vaste caleçon recouvraient cette saltimbanque. Le troisième personnage était un « fou » le crâne recouvert d'un turban, les hanches abritées par des caleçons de toile. Pour nous autres Européens, les déhanchements de ces trois clowns n'avaient rien de bien comique, mais enfin cela avait une couleur locale très caractéristique.

« La soirée fut terminée par un ballet général, pendant lequel les bayadères occupaient le premier plan.

« Cédant aux instances bienveillantes de notre hôte, nous acceptâmes l'invitation qu'il nous fit de l'accompagner le lendemain à une chasse au sanglier. Cette partie de plaisir n'offrit que les incidents accoutumés d'une pareille excursion cynégétique. Lorsqu'elle fut terminée, les chasseurs se retirèrent sous une tente dressée au bord de la rivière, et on leur servit rôtie l'échine d'un marcassin qui avait été mis à mort par le rajah. A l'extrémité de la table, on posa la hure de l'animal garnie de ses défenses et ayant dans sa gueule une grosse orange ornée d'une guirlande de fenouil.

«Tout disciple de Mahomet qu'il était, le rajah n'hésita pas à manger de ce gibier et à boire d'ex-

cellent vin de Champagne, et cela
en présence de ses serviteurs
qui, même le croyant en faute,
n'auraient pas osé lui en faire la
remarque. Au reste, il ne parais-
sait pas très convaincu des dog-
mes de sa religion et ne négli-
geait aucune occasion de se donner les coudées franches. Dans
cette fête gastronomique, le rajah
de Tanjore s'abandonna si bien
au plaisir de la table qu'il fut
obligé de laisser le cheval et de

monter dans un palaquin que quatre serviteurs robustes emportèrent sur leurs épaules.

« Ainsi finit la fête du rajah. Le lendemain, nous prenions congé de lui pour continuer notre voyage. »

CHASSES AUX BISONS

Le bison, communément appelé buffalo, est l'animal le plus remarquable de l'Amérique du Nord. Sa taille énorme, sa force prodigieuse, l'habitude qu'il a de se réunir en troupeaux innom-

(26)

brables, les pays qu'il fréquente, la valeur de sa chair et de sa peau, ressources inestim..bles pour le voyageur, aussi bien que pour les tribus indiennes, la manière de le chasser et de le prendre, tout concourt à faire du bison un animal précieux et digne d'intérêt.

C'est d'ailleurs le plus grand des ruminants originaires d'Amérique; son poids dépasse même celui du renne, dont la taille est égale à la sienne. La tête énor-

me, le front large et triangulaire,
la bosse conique qu'il porte sur
ses épaules, les yeux petits mais
vifs et perçants, les cornes courtes
et noires, en forme de croissant,
la crinière épaisse qui lui couvre
le cou et le devant du corps, la
petitesse comparative du train de
derrière, la queue courte et garnie à l'extrémité d'une touffe de
poils, tels sont les détails parti-
culiers et les traits caractéristi-
ques de cet animal.

Le bison est d'un brun foncé, tirant sur le noir : on en voit quelquefois d'une couleur brûlée, ou brun verdâtre, mais cela dépend de la saison.

La chair du bison est succulente et délicieuse : elle est d'une qualité aussi bonne, sinon supérieure à celle du bœuf le mieux nourri. On peut la comparer à la viande de nos boucheries, rehaussée d'un fumet de gibier.

Les bisons se trouvent encore

sur une immense partie du territoire américain, bien que de nos
jours ce ne soit pas comme par le
passé. Les chasseurs, aussi bien
que la marche de la civilisation,
ont peu à peu empiété sur les
contrées où ils régnaient en maî-
tres, et maintenant leur territoire
est borné d'une part à l'ouest par
les montagnes Rocheuses, de
l'autre à l'est par le Mississipi,
vers la source de ce fleuve. Il faut
s'avancer bien au milieu des

prairies pour découvrir les traces de l'énorme quadrupède.

Au Texas, le bison parcourt tout le pays, mais il devient plus rare au Mexique.

La chasse aux bisons est, parmi les tribus des Peaux - Rouges, une occupation plutôt qu'un amusement. Ceux qui la font par plaisir sont en bien petit nombre, car pour jouir de ce sport unique il faut entreprendre un voyage de plusieurs milles, au risque d'être scalpé par les Peaux-Rouges, et c'est là un danger que l'on court très souvent.

Le véritable chasseur de profession, le trappeur de race blanche et les Indiens, poursuivent sans relâche les troupeaux de bisons et en éclaircissent les rangs à coups de lances, de flèches et de carabines. Cette chasse ne se fait pas sans péril; on y risque très souvent de perdre la vie et on raconte bien des accidents funestes.

arrivés aux chasseurs qui se livrent à la poursuite de ces animaux. L'allure du bison est en apparence, lourde et disgracieuse. Il roule de ce côté et d'autre comme un navire ballotté par les vagues au milieu de l'Océan; et cependant cette allure, si elle n'égale pas tout à fait en vitesse le galop d'un cheval, est beaucoup trop rapide pour permettre à un homme à pied d'atteindre l'animal qu'il poursuit. Le coureur le plus agile, s'il ne rencontre pas un arbre, ou quelque autre lieu de refuge, est à peu près sûr d'être écrasé sous ses pieds.

Voici un récit très exact d'une chasse aux bisons dans les prairies du Kansas, par une dizaine d'Européens et une tribu de Pawnies :

« A quelques milles de notre campement, nous découvrîmes un chemin tracé par les bisons. Cette route traversait à l'angle droit le sentier que nous suivions alors.

— Je crois qu'il doit y avoir là plus de deux mille têtes de bisons, fit notre guide, le chef de la tribu, des taureaux, des vaches, des veaux, et de jeunes bêtes d'un an. De sorte que nous n'avons qu'à choisir la viande qui nous conviendra le mieux : bœuf, veau, à notre fantaisie.

« Les traces que nous examinions sur le sol étaient en si grand nombre qu'on sentait bien que les détails donnés par le chef indien devaient être d'une parfaite exactitude.

« Nous nous mîmes donc en route sur la piste des bisons, animés des plus vives espérances.

« A peine avions-nous fait quelques cent pas qu'une scène singulière s'offrit à nos yeux. Nous nous trouvions au faîte d'une colline et nous sondions du regard la vallée peu profonde que

traversait le sentier des bisons.
Du fond de ce vallon s'élevait
constamment un nuage de pous-
sière, nuage d'abord si intense
que nos yeux ne pouvaient parvenir à le percer. Mais au bout de
quelques instants nous aperçûmes un loup qui fit deux ou trois
tours hors du cercle et s'y rejeta
de nouveau. Celui-ci fut suivi par
un troisième. Ils avaient tous la
gueule ouverte, les yeux étincelants. D'après leurs hurlements

incessants, nous jugions bien
qu'ils étaient engagés dans une
lutte terrible qu'ils se livraient
entre eux, ce qui était dirigée
contre un ennemi d'une autre
espèce que la leur.

« Deux guerriers, sur l'ordre du
chef, s'élancèrent à cheval dans
la direction de ce champ de ba-
taille. Nous les suivîmes de même
allure. Nous tombâmes en plein
dans le combat et nous pûmes
distinguer l'objet qui avait été

attaqué par les loups. C'était un bison de taille monstrueuse, qui paraissoit très vieux; son sang coulait en abondance de ses naseaux et de ses lèvres et, malgré ses blessures, malgré sa caducité, la vaillante bête avait réussi à mettre sept loups hors de combat.

« Nous eûmes pitié de la pauvre bête, et d'un avis commun on mit fin à ses souffrances en lui envoyant une balle dans la tête.

Elle tomba bientôt à terre, les quatre pieds en l'air.

« La dépouille de l'animal fut vite enlevée ; quant à la chair, elle fut jugée trop dure pour servir à nos repas : on l'abandonna aux loups et aux vautours.

« Le lendemain, nous aperçûmes un immense troupeau de bisons dans un vallon qui était formé par un *canon*, autrement dit un entonnoir terminé d'un côté

par une montagne dont les flancs
étaient coupés à pic de l'autre côté de la pente douce. Le plan de
de nos alliés les Peaux-Rouges fut
vite tracé. Il s'agissait de faire re-
monter les pentes de la montagne
au gros gibier que nous chassions,
de façon à ce que toute la harde
poussée par nos chevaux allât se
précipiter de l'autre côté du *ca-*
non dans le vide et se briser sur
le revers de la montagne.

« Le point le plus difficile n'était pas d'arriver à réussir au dernier moment, mais bien de cerner les bisons sans les effaroucher. Pour y parvenir, nos Indiens se revêtirent de la peau des loups qu'ils avaient recueillie, et, une fois déguisés de la sorte, s'avancèrent à quatre pattes, comme eussent pu le faire ces carnassiers. De temps en temps on les entendait pousser des cris rauques, de façon à imiter la voix des « coyotes ». Puis ils harcelè-

rent les bisons et les amenèrent à
se grouper comme le fait un ba-
taillon carré de soldats pour se
garder de l'attaque.

« A mesure que les Peaux-Rouges, habillés en loups, gagnaient
du terrain, les bisons reculaient
et remontaient vers la cime du
précipice.

« Ce fut le moment choisi par
le chef des Indiens pour donner
le signal. Il se précipita en avant;

ses cavaliers le suivaient en demi-cercle et ils parvinrent ainsi à vingt mètres des animaux qui, pris d'une terreur panique, se jetèrent en avant et remontèrent jusqu'au sommet.

« Tout à coup un bruit terrible se fit entendre, toute la bande, à vingt ou vingt-cinq exceptions près, trouva le vide sous ses pieds et cet amas de bêtes vivantes tomba au fond d'un ravin où les unes écrasèrent les autres. Cette boucherie nous parut, à nous autres Européens, aussi inutile que cruelle. Mais les Indiens n'étaient pas de notre avis. Ils trouvaient dans cette chasse une ample provision de robes de bisons, la chair à conserver pour faire du *Tijou* et enfin de langues pour fumer et pour vendre aux *échangeurs* des Etats-Unis.

« On fit le tour du ravin et au

fur et à mesure qu'on enlevait les morts et les blessés on jettait ceux-ci sur le sol et on achevait les autres à coups de carabine et de révolver. Lorsque tous ceux qui se trouvaient dans le fond de ce trou furent retirés, il y avait cent quarante-sept bisons assommés ou tués, ce qui fit une ample provision de fourrures et de viande à dessécher.

« Je n'exagererai rien en disant

que le fond du précipice était plein d'un ruisseau de sang ».

Après la description de cette chasse, je crois qu'on peut tirer l'échelle.

Toutefois j'achèverai cet article par la narration d'une course en plein désert américain qui s'est passée il y a deux ans sur les rails du *Continental-Pacific Railway*, allant de Saint-Louis à San-

Francisco, à travers les prairies des montagnes Rocheuses.

Le convoi, parti le 27 juillet 1878, était parvenu sans encombre au milieu de sa route, lorsque, au détour d'une courbe tracée le long d'un rocher, le conducteur du train aperçut sur les rails une bande de bisons, couchée et semblant complètement au repos.

La première chose que fit l'ingineer américain fut de stopper

et de prévenir les voyageurs de
ce qui se passait. Généralement
on ne se met pas en route pour
la Californie sans emporter des
armes : aussi sur cent dix-neuf
voyageurs qui composaient le convoi soixante et tant avaient-ils
avec eux des rifles et des revolvers.

Les charger, les amorcer, tout
cela se fit en un clin d'œil, puis
on courut aux plates-formes. Du
haut de ce promontoire, il était

4

ncile de dominer la position.
Aussi chacun se trouva-t-il à son
poste, prêt à faire feu de deux
côtés, au moment où le troupeau
de bisons passerait devant la machine.

Le chef de la harde d'animaux
s'étant levé avait poussé un ben-
glement terrible, et à cet appel
tous les autres bisons s'étaient
hissés sur leurs pieds.

On eût pu croire qu'ils allaient

faire volte-face et fuir au plus vite loin de la voie ferrée. Mais quel ne fut pas l'étonnement de tous les voyageurs chasseurs en voyant la bande entière s'élancer sur la machine, tête baissée, comme eût pu le faire un taureau qui attaquerait un ennemi !

Le spectacle était nouveau, unique dans son genre. Le chauffeur était à son poste, les mains sur la clef du piston. Quand il vit toute

la troupe engagée dans cette mê-
lée sans pareille, il lâcha le sifflet
et l'on put entendre, au milieu
des beuglements de terreur et du
bruit de la machine qui grondait,
une sorte de détonation de mitrail-
leuse produite par les coups de
feu des voyageurs.

Les animaux avaient pris la
fuite, affolés de terreur; mais
trois d'entre eux, devenus furieux
par les mouvements des roues,

s'acharnaient contre le fer et enchevêtraient leurs cornes dans les rayons des roues.

Au moment où l'on stoppa, le dernier bison roulait par terre, atteint d'une balle en pleine poitrine.

On ramassa les morts, il y en avait neuf, et le convoi rentra à San-Francisco, cinq jours après,

avec une cargaison de venaison
qui fit prime dans la capitale de
l'or et des parvenus

LE FORGERON

(Extrait de *Berquin*.)

M. de Cremy, passant vers
minuit devant l'atelier d'un
pauvre forgeron, entendit les
coups redoublés de son mar-
teau. Il voulut savoir ce qui le
retenait si tard à l'ouvrage, et

(55)

s'il ne pouvait gagner sa vie
du labeur de sa journée sans
le prolonger si avant dans la
nuit

— Ce n'est pas pour moi que
je travaille, répondit le forgeron, c'est pour un de mes voi-
sins qui a eu le malheur d'être
incendié. Je me lève deux heures plus tôt et je me couche deux
heures plus tard tous les jours,
afin de donner à ce pauvre mal-
heureux de faibles marques de

mon attachement. Si je possédais quelque chose, je le parta-
gerais avec lui ; mais je n'ai que
mon enclume, et je ne puis la
vendre, car c'est elle qui me
fait vivre. En la frappant chaque jour quatre heures de plus
qu'à l'ordinaire, cela fait par se-
maine la valeur de deux jour-
nées dont je puis céder le pro-
duit. Dieu merci la besogne ne
manque pas dans cette saison ;
et quand on a des bras, il faut

bien les faire servir pour secourir son prochain.

— Voilà qui est généreux de votre part, mon enfant, lui dit M. de Cremy; car, selon toute apparence, votre voisin ne pourra jamais vous rendre ce que vous lui donnez.

— Hélas! Monsieur, je le crains pour lui plus que pour moi; mais je suis bien sûr qu'il en ferait autant si j'étais à sa place.

M. de Cremy ne voulut pas le détourner plus longtemps de ses occupations ; et lui ayant souhaité une bonne nuit, il le quitta. Le lendemain, ayant tiré de ses épargnes une somme de six cents livres, il la porta chez le forgeron, dont il voulait récompenser la bienfaisance, afin qu'il pût tirer son fer de la première main, entreprendre de grands ouvrages, et mettre ainsi en réserve quelques deniers du fruit de son travail pour les jours de sa vieillesse.

Mais quelle fut sa surprise lorsque le forgeron lui dit : Reprenez votre argent, Monsieur ; je n'en ai pas besoin puisque je ne l'ai pas gagné. Je suis en état de payer le fer que j'emploie, et s'il m'en faut davantage, le marchand me le donnera bien sur mon billet. Ce serait, de ma part, une grande ingratitude de vouloir le prix du gain qu'il doit faire sur sa marchandise, lorsqu'il n'a pas craint de m'en avancer pour cent écus dans le temps où je ne possédais que l'habit que j'ai sur le corps. Vous avez un meilleur usage à faire de cette somme, en la prêtant sans intérêt à ce pauvre incendié. Il pourra, par ce moyen, rétablir ses affaires; et moi, je pourrai dormir alors tout mon soûl.

M. de Cremy n'ayant pu, mal-

gré les plus vives instances, le
faire revenir de son refus, suivit
le conseil qu'il lui avait donné,
et il eut le plaisir de faire le
bonheur d'une personne de plus
que dans le premier projet de
son cœur généreux.

FIN.

TABLE

—

FIN DE LA TABLE.

LIMOGES. — Imp. E. Ardant et Co.

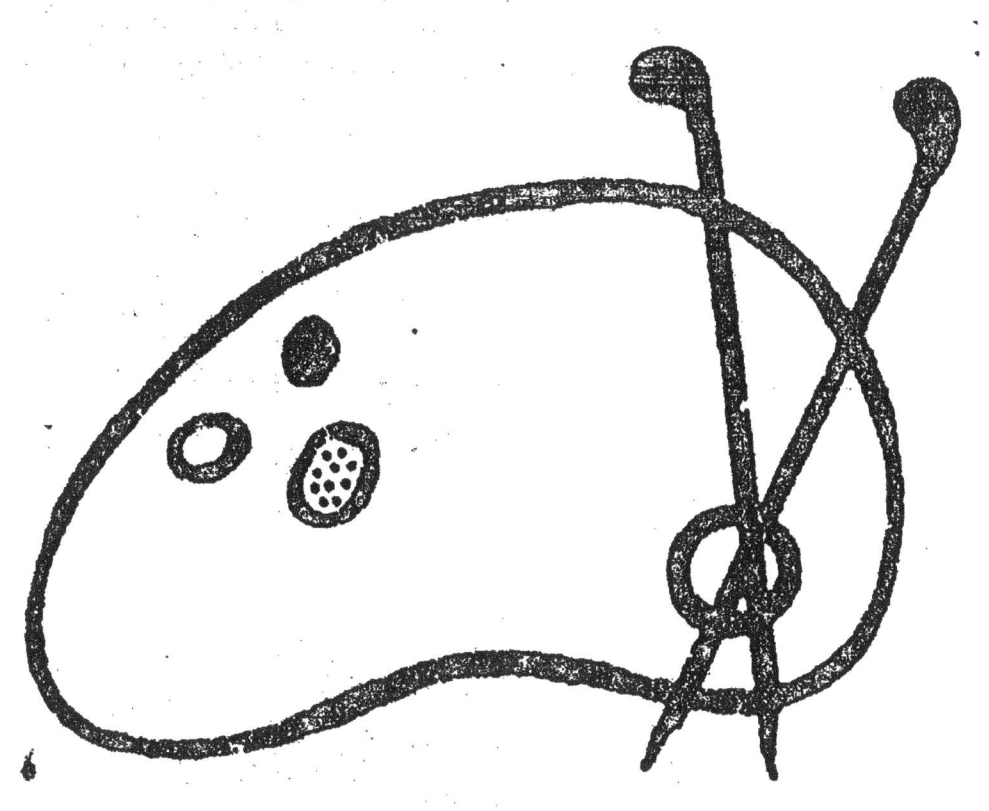

www.ingramcontent.com/pod-product-compliance
Lightning Source LLC
Chambersburg PA
CBHW071250210626
46818CB00013B/757